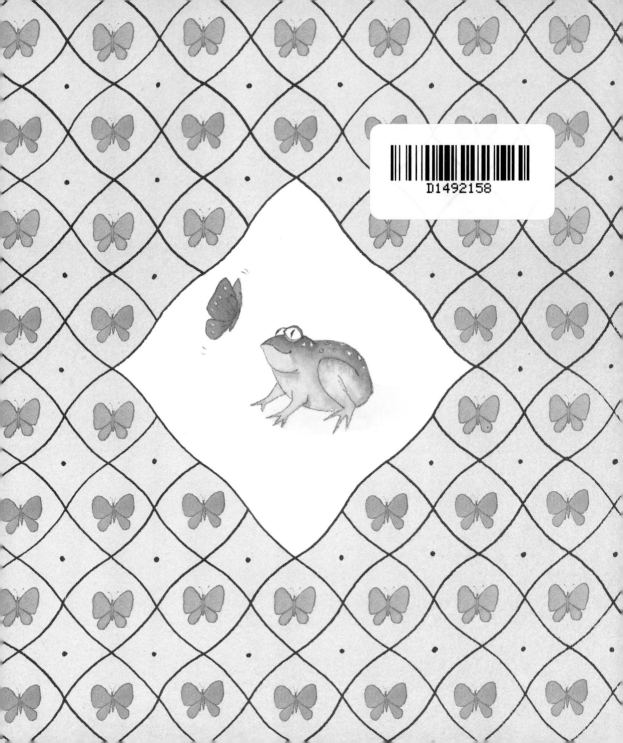

Première publication en Grande-Bretagne
en 1991 par Julia MacRae Books

© 1991 Zita Newcome

© 1991 Bias pour la version française

ISBN : 2-7015-0510-0

Imprimé à Hong Kong

Dépôt légal :
2ᵉ trimestre 1991

Loi n° 49956 du 16 juillet 1949
sur les publications
destinées à la jeunesse.

Sylvie Exploratrice

Zita Newcome

BIAS

Sylvie a trouvé le vieux chapeau
de son grand-père dans le grenier.

Elle va explorer le jardin.
On dirait la jungle.

Sylvie trouve un bassin où des
poissons rouges nagent en rond.

Elle surprend un chat qui se glisse
à pas feutrés dans l'herbe haute

…et trouve une chenille blottie
sur un chou.

Dans la serre,
Sylvie mange une tomate,

et quand elle repart,
elle aperçoit un chien qui dort
dans la haie.

Puis Sylvie s'amuse à
se balancer,

et elle cueille des fleurs dans
la pelouse.

Dans la remise à outils
elle trouve

une grenouille
cachée dans le noir.

Sylvie grimpe à l'arbre pour aller
dans sa cabane observer les oiseaux.

Enfin c'est l'heure de rentrer.

"Alors Sylvie. Tu es partie en exploration ?"
demande Grand-Père.

"Oui", répond Sylvie.